KB145978

풀각시 또락

김상훈 시집

시인의 말

눈을 뜨면 늘 간밤의 욕망이 헹궈진 아침이었다.
그 신비한 에너지는 너무나 깊고 넓어
제 삶 다하고 사라졌던 시간들조차 나를 위하여
힘들게 다시 몸 버리러 오곤 하였다.

그 빌어먹을 욕망의 전생이 나를 지상에 불러와
댓잎 같던 청춘을 노래와 연기로 혹사시키더니
내 청춘 일몰의 시간에 詩라는 붓 하나 던져주곤
이제 바람의 화첩을 그리라며 등 떠밀고 있다.

우라질,

김상훈

♣ 1부- 봄풀 같은 소리

♣ 2부- 바람의 화첩들

♣ 3부- 지상의 언어로

♣ 4부- 시간의 낙엽들

♣ 5부- 단상의 간이역

QR 코드 스마트폰으로 QR 코드를 스캔하면 시낭송을 감상할 수 있습니다.

제목 : 꽃물
시낭송 : 박태임

제목 : 풀 각시 뜨락
시낭송 : 김지원

제목 : 책(冊)
시낭송 : 박영애

제목 : 비람 난화
시낭송 : 조서연

1부 | 봄풀 같은 소리

사진 / 엄주환

새벽빛

밤은 확실히 요기(妖氣)와 같다
그 요기에 편승하여 더러는
이명에 시달리는 불면의 시간을 보내고
더러는 뭉크의 꿈꾸는 겨울 스케치처럼
이상(李箱)의 날개를 펴곤 한다
그러나 들리는가, 깊은 잠 언저리로
나지막이 다가오며 흐느끼는 저 소리
희미한 불빛들이 궁색한 밤을 몰아내고
파래 속 남빛으로 물드는 시간
첫닭이 울면 비로소 대지 위에 피는 암화(岩花)
이처럼 새벽은 언제나 미혼으로 다가온다
누군가 그랬다, 퍽 오래전부터
새벽은 태허(太虛)의 벽공(碧孔)이었다고

인사동에서는 함부로 시를 쓰지 마세요

막걸리에 씻긴 지폐 몇 장 쥐고
두보의 운(運) 슬쩍 훔친
하회탈, 심온 천상병이
소릉조(小陵調)를 흩날리며
동굴 같은 입 킬킬 대고 지나간다
시인은 천재라서 죽는 게 아니다
시가 고파 죽는다

진실로 누군가를 사랑한다는 것은

한 생의 엄숙한 뿌리를 내리기 위해
어느 한 여자의 심장을 넣고 다닌다는
남자의 눈을 가만히 들여다보고 있노라면
그의 마음 밭에서 하루 종일 땀을 흘리며
밭고랑 사이로 호미질 하는 여자가 있더라

저물어가는 밤길 한적한 도로에서 마주치는
자동차 불빛 같은 아침을 맞이하고
일에 지친 저녁노을이 일몰로 스러지기까지
쉼 없이 고랑의 돌과 풀을 걷어낸 여자는
곧 정물처럼 나무 같은 그림자로 서 있더라

어두워진 작은 숲 사이 개울물에 달이 뜨고
시간이 돋아 겨울 서리꽃이 밭이랑을 덮어도
진실로 누군가를 사랑한다는 것은
그렇게 홀로 지그시 마음 밭을 내려다보며
한 그루의 나무로 서 있는 것이더라

소나기

미친년 흥겨워 휘몰이 장단에 널 뛰는 씻김굿

바다로 간 靑馬

일렁이는 바람 합창하듯
무리 지어 반짝이는 은비늘
파스텔 톤 바다 끝에 앉아
살가운 정을 기약하지만
세월은 일출로 돌아간다

파도야 어쩌란 말이냐던
청마가 돌아와 이곳에 다시 죽어
사랑보다 뜨거운 가슴으로
잠시 머물다 갈지라도
빈 술잔은 썰물로 출렁거린다
아아, 그러나
이슬 내리고 물안개 휘돌아
다시 보게 될 끈끈한 인연
이제는 하얀 찔레꽃 자락으로 돌아 앉을
사랑이여 별이여

춘정시공(春情詩空)

솔가지에 걸어둔 옷

입을 생각 없어 한가롭다

하늘 안고 구름에 누우니

때 알아 부는 바람

머리 풀어 분주한 산하(山下)

남아도는 시정(詩情)에

죽방(竹房)의 추위 몰아내고

도도한 흥, 엮어가는 세월

시공(時空)에 늙고나

기다림

연초록 봄별 기슭 휘돌아
엄동의 칼바람 맞으며
한 그루의 나무로 서는 것

초량동 텍사스촌

1

텅 빈 거리의 일각엔 스러진 종탑이 보이고
어둠을 짊어진 시간은 새벽으로 달려가는데
부러진 깃털로 싸구려 화장을 한 창백한 얼굴들이
초량동 텍사스촌 골목마다 흰 꽃신 되어 떠돈다
필시 강팔지고 모지락스러운 세속적 인과의 필연성이
이름 모를 누이들을 어두운 거리로 내몰았을 터이다

2

그 어둠 속에서
더러는 부활하는 망령처럼 도화살이 도지거나
더러는 해바르게 살기를 소원하는 참삶의 의미로
삶이 그대를 속일지라도 슬퍼하거나 노하지 말라를
곱씹으며 푸시킨을 원망했을 것이다 그 원망은
희미한 붉은 등 아래 여기저기 감춰진 튼 살 위로
사랑 없는 지폐가 흩날릴 때마다 고향 땅을 바라보며
한 땀 한 땀 수놓았을 눈물이다

3

비가 부슬부슬 내리는 새벽
빗살 무늬를 그리는 외등 밑에 우산 대신
모자를 쓴 야화(夜花)가 담배를 꼬나물고 서 있다
짧은 치마와 부츠 사이로 드러난 허벅지가 눈부시다
봄꽃이 무성한 계절일지라도 조금은 추웠으리라
이 거리에서 흔하게 볼 수 있는 광경이지만
그녀의 손가락 끝에서 튕겨 나간 담뱃불이
포물선을 그리며 낙하하는 순간까지 그녀는 마치
애니메이션 속의 주인공 같고 방금 크로키 당한 그림 같다

4

가장 늦게 문을 닫는다는 국숫집에서
모락모락 피어오르던 김마저 거두어간다
그녀는 왜 이 시간까지 서성이고 있을까
문득, 모노드라마 어느 늙은 창녀의 노래가 떠오르고
사랑의 완성을 외치던 극(劇) 속의 주인공이 오버랩 된다

너희가 아느냐

세속 티끌 훌훌 턴 모양 설운 거대한 돌멩이
지붕 없는 하늘 머리에 이고
뫼라 일컬어 너부죽 엎드려 있다

준령의 이마에 난을 친 때깔 수줍은 풀포기
벌거숭이 몸으로 찬란한 무늬 걸치고
물에 대적하듯 어미가 된 숲을 보아라

한낮의 날 선 빛 격랑 바람의 잔기침에
더러 수음을 마치고 쪼그라드는 숲
이슬 내려 주름 펼치니

삼신할머니 치마폭에 감춰둔 달빛 수태로
수만 생의 피를 쏟고 사라지는
산새들의 먼 산울림을 들어보거라

다 익지 않은 별들이 허기진 빈 속에
새벽을 헹구고 스러질 때 덧셈 뺄셈 끝낸 지혜로
진통 겪고 소통하는 뫼여

땅의 진정한 주인이 누대(累代)의 투박한 언어로
하회와 같은 미소를 머금고
땀 흘리며 읍소하고 있음을 너희가 아느냐

날아가는 사월

눈시울 아릿한 하늘 우러르니
관능에 몸서리 치는 빛의 은총
연분홍 지조 안은 종달이 한 쌍
홀연이 숨죽이는 사월의 잎새
가거라

감성 바늘

어떤 것이 내 생각 속으로 들어와
무엇인가를 알고자 하는 만큼
내 방 안 창문은 오랜 세월 덜컹대며
바람의 먼지를 털어 내렸다

발신자 없는 정체불명의 소포처럼
새벽빛이 흘금 얼굴을 디밀곤
이제 잘 때가 됐노라 하여도
몸속에 흐르는 피가 늘 거부했다

그 빌어먹을 객쩍은 생각과
두드리는 것이 어디 여명뿐이었겠는가

좀 더 근원적인 것에 명치끝이 아파
나는 파들파들 경련을 일으키며
생의 마지막처럼, 밤의 정령들과
수많은 날을 지새웠다

그들은 내게 곧 발아될 감성의
씨앗들과 꽃망울을 차례로 선사했다

어느 땐 그것들이 차고 넘쳐
어떻게 수확을 해야 할지를 놓고
고민할 때, 더러 숨이 멎곤 했는데
그렇다고 내 삶을 더 기름지게 하거나
형편없이 구겨지게 하지는 않았다

내 삶을 지배하는 것도 아닌 그것은
오늘도 보내지 못할 큰 그리움으로 다가와
급살 맞게 달콤한 여인의 살 내음으로
내 일상을 뜨개질하는 감성 바늘이다

천황산 사자평

늑진 갈바람 핥으며
억새꽃 머리 푼 땅
휘어진 빛바랜 화살들
영정처럼 서 있는

꽃물

벌목당한 기억 사이로
오늘 밤 내 가슴 꽃물 되어
스며드는 작은 별 하나,
그미는
아무도 오지 않는 저녁답
비탈진 언덕 하얀 손 흔들며
미소 짓는 찔레꽃이다
땀 흘리는 세상
까슬한 세월 바람 틈새에
이 얼마나 경이로운 일인가
그미는
쑥스러운 민낯, 여린 고백으로
때 늦은 정절을 지켜가며
바리톤으로 물드는 사랑이다

제목 : 꽃물
시낭송 : 박태임
스마트폰으로 QR 코드를 스캔하면
시낭송을 감상할 수 있습니다.

세월

生을 마감하는 자리는
한 세상 버림을 위한
비워내기라 하는데
三生을 거친다 한들
내 어이 그대를 알겠냐마는
생로병사가 이르기를
이미 부재의 혼으로
시종이 여일하게 불타는
바람의 뼈였나니
이에 끝도 없다 하더라

깊은 음성으로

어느 날 우리가 목로주점에서 보았던
녹슨 문고리의 단단함을 얘기했던 것처럼

앨범에 묻어 두었던 흑백의 시 공간
줄임표와 외람된 기호에 담아
아득히 푸른 강가에 띄워 보내리

가슴 한복판 아린 굴곡 벗겨도
드러나지 않는 그리움이여

졸업식날 마지막 송사의 흐느낌처럼
더는 피로 벙그는 꽃이 돼서는 안되리

우리의 인연이 진정이라면
천지간 어느 모퉁이에 있다 한들
다시 만나지 않으랴

그대 있는 거기도 지금
눈물 같은 꽃비 내리는가

당신의 이름으로

누구라도 눈치챌 수 있도록
지상에서 가장 높이 판 양각과
당신만 알아볼 수 있도록
세상에서 가장 깊이 판 음각으로
당신 가슴에 내 이름 새기렵니다

물 묻은 손 허리춤에 닦으며
가장 소중한 것을 감춘 아이처럼
혼자 피는 그리움의 무게에 눌려
낮달을 바라보고 허엿한 한숨 짓던
내 누이 같은 그대여

더러 추억이 자라는 밤이 와서
하늘의 성근 별들이 당신 이름을
어지럽게 흩트려놓아도
잘 정돈된 시구(詩句)의 방점처럼
내 가슴에 당신 이름 새기렵니다

흘러가는 세월에 이끼가 서려
당신 이름 언저리에 노을이 물들고
망각의 강이 가리키는 저 손끝에
내 어떤 영혼의 안식처가 있다면
기꺼이 당신의 문패를 걸어두렵니다

여자의 일생

한 세상
풍만한 가슴으로
삶을 주유하다

한 세월
납작한 가슴으로
생을 마감한다

담쟁이

무슨 사연이 그리 많아
마디마디 목이 메었느냐
자라 등처럼 이어진 잎들
한눈에 척 봐도
몸으로 짓는 인연이구나
잡을 곳 없는 삶
오늘도 닿지 못할 하늘
날이 저물기 전 구름이든
무지개라도 타거라
그렇다고 살아남기 위해
잎사귀를 버리지는 말아라
잎은 너의 몸임과 동시에
빗물과 햇빛가리개니라
그러므로 무릇 삶이란
생존을 벌기 위한 수단이 아니라
꿈으로 세운 뜻 거듭 깨우치며
몸으로는 따라갈 수 없는
멀고 먼 피안이란다

봄이 오면 박씨에게

겨우내 얼었던 산이 풀리면
겉모습 이장과 비슷한 박氏더러
제 엄니 대신 제발
장가 들라는 강짜부터 부려야겠다

팔순 노모와 평생 텃밭에서 보낸 그에게
온누리 따사롭게 비추는
황색 털 봄 햇살로 집 한 채 지어주고
지난여름 홍수로 허물어진 장독대와
바람에 실려간 뒷간
너와 지붕도 고쳐줘야겠다

그때쯤이면 풀벌레 통음 왕성하던
그 멋들어진 담쟁이넝쿨도
성성해진 몸 다시 추스를 테고
개평으로 평상 하나 슬쩍 만들어주면서
새참 파전에 막걸리 한 사발 나누어야겠다

그리하여 사는 것이 지겨워 죽겠다는 그에게
산다는 것이 꼭 그렇지만은 않더라는 것을
아지랑이 일렁이듯 넌지시 일러줘야겠다

갱년기 여인이여

소심하게 창문을 흔드는 바람 소리가
실밥 터지듯 그대의 오감을 자극할 때
가녀린 꽃대궁처럼 길게 목을 빼고
밤새 뒤척이며 화두를 긷던 지난겨울
이상과 현실의 간이역에 앉아
그때까지 불완전한 음정으로 삶을 노래했다

붉게 충혈된 일몰 너머로
사라지는 한 시절의 속절없음을 보았고
너무 많은 그리움과 기다림을
추억 속에 가두고 살아온 그대여
깨달았으므로 이미 늦었다는 것을 깨닫기까지
참 무던히 세월을 허비했던 듯싶구나

그러나 이제 비로소
스스로 얽어맨 생의 껍질을 벗고
벗겨진 만큼 가벼워진 삶의 무게로
오래전 잃어버린 후리지아 꽃말을 찾은 소녀처럼
맑고 청초한 가슴으로 살아야 하느니

삶은 함부로 풀 수 없는 부동의 함수라지만
보내지 못할 그리움만 산처럼 쌓일 땐
추억 속에 가둔 그리움일랑 모두 쏟아놓고
종다리 지저귀는 보리밭 숨결 같은 사랑을 하여라
별빛 당겨 줄 긋기 하듯 싱싱한 자유로움으로
당찬 날갯짓으로

태공(太公)

물비늘 돋는 염분 계곡
갈피마냥 부서지는 파도
술빛 같은 천 년의 바람 불어도
바람 속 한 아름
푸른 소금 쌓아두고 붉어지는 마음
평생을 살아도 평생이 모자랄
태공의 세월 그 어느 때부터
아직 긷거나 꿰매고 있다지

기타論

아침 햇살 두 눈 찔러
해거름 빛 문 닫기까지
매화가 피고 동백이 질 동안
결별이 성립되지 않는 육현과
명멸을 거듭하는 울림통,

이탈 없는 봄풀 같은 소리로
한겨울 성에꽃마저 녹이며
따사로운 틈새를 만들 때
공명에 부유하는 작은 음표들
제 소리 비워내기 넘나들고

미동 없는 통 그늘 깊은 곳
발효와 숙성을 끝낸 음표들이
날마다 새롭게 피어나는 꽃잎으로
묵은 소리조차 연연히 빛내는
내 호흡의 반려자

장미

어느 詩人의 각혈

별리

생에 한두 번 운명처럼
우리의 가슴 한복판
별리의 조탁(彫琢) 펼쳐지리니
패총처럼 쌓였던 몸 안의 그리움
먼지가 되어 흩날려도
한때는 죽도록 사랑했노라던
그 누군가로부터
잊어진다는 것이 더 아픈 법
어디 떠나는 사람만 서러우랴
홀로 남아 눈물겨운 사람도 있느니
미망에 헛디딘 꿈
가슴 복판 켜켜이 쌓이는 서글픔
세월조차 세월을 가라 하지만
현란하게 싹 틔웠던 애증의 뒤 안
때로는 불꽃같이 아파
그리움마다 눈물 강 건너고
더러는 돌아갈 길 없어
생각마다 눈물꽃 입힌다

뼈

흔적 없는 생을 건너뛰며
방향을 불태우는 바람,
튼튼한 그물로도 막을 수 없는
그 속에 투명한 뼈가 있듯이

보라, 여기 출렁이는 삶과
해와 달의 무덤 바닷속엔
정(靜)케하고 동(動)케 하는
거대한 물렁뼈가 있나니

이별 그 쓸쓸함을 위하여

한때는 지극한 내 삶이었던 시간들
그 가파른 시간 몇 자락으로 거듭 다칠 때마다
파종이 안 된 인연의 끝이 떠오르곤 하였다

상처의 놀라운 치유력이 재빠르게 나무를 심어
다른 빛깔로 나타나 꽃물이 스며도 이미
폐허가 된 추억의 빛살들을 피할 수는 없었다

마음의 닻을 내린다는 것은 곧 안식이므로
차마 지워지지 않은 것들조차 지울 수 있는
평화로운 길 위에서 망각의 물살을 바라보았다

이제 추억 따위는 더 이상 바람에게 묻지 말자
더러 눈발처럼 내리던 그리움 이쯤 접어두자
그렇다고 터무니없이 술잔을 높이 들지는 말자

이별, 그 쓸쓸함을 위하여

맨발로 오는 누이여

이렇듯 계절이 바뀔 때마다
내 혈관 속에서 일렁이는
물소리 바람 소리를
그대는 들어보았는가

꺼질 듯이 있다가도
불꽃처럼 타오르는 그것이
결코 등이 휘지 않는 세월과
매우 닮았다는 것을
그대는 쉬이 알지 못하리

그리움이라는 제목 하나
하늘에 매달고
시린 눈물 발돋움하여
맨발로 오는 봄이여

사랑했으므로
나의 모든 것이 재만 남았더라도
사랑하지 않아 나무토막으로
남아 있는 것보다는 낫느니
라고 했던 어느 시인의 말처럼

이렇게 꽃소식 무성한 계절이 오면
언어의 모든 합은 온통
사랑이거나 그리움인 것을
세상 사람 모두 시인이 되는 것을
그대는 쉬이 알지 못하리

어느 시인의 근황

잉(孕)이라는 글자 하나 써놓고
반가사유상의 하루분 사유를 펼치니
한 여드레 만에 폭삭 늙었다
아름다운 시구(詩句)의 방점이
무수히 찍혔다 사라진 며칠
눈부신 아침을 볼 수 없었고
아무도 다니지 않는 밤길을 걸으며
먼지처럼 쌓이는 바람을 그는 만났다

선생님 간 수치가 너무 높습니다
생활패턴을 바꾸지 않으면
위험한 쪽으로 전이될 거 같습니다
의사의 간곡한 말조차
마치 시어(詩語)처럼 빛날 때
조화옹(調和翁)의 날 선 생로병사가
잘 정돈된 이미지로 그에게 다시
生에 대한 깊은 사유를 묻고 있었다

그래도 우리 그리워하자

가을 문턱 이르러 그리움이 결코
죄가 될 수는 없을 진대

내가 아프고 시린 것이 많으면
하늘도 땅도 세월조차도
텅 빈 여백처럼 느껴진다

더러 농무의 복판에 있는 듯한
그리움의 실체도 실은
명확하지 않을 때가 있다

그래도 우리 콧날이 시큰해지고
눈시울 뜨겁게 그리워하자

말갛게 화장을 지운 여름이
조금은 넓어진 이마를 두드리며
이제 가을 눈썹을 그리고 있다

2부 - 바람의 화첩들

사진 / 엄주환

겨울령

며칠째 내린 폭설로
뜬금없이 정절을 지키는 나무들
순백의 빗장 걸고
묵언 수행 돌입한 지 오래다

간헐적으로 한세월 건너뛰는
쌩쌩한 바람 소리에 놀라
빗장은 더욱 견고해지고
입산금지 팻말은
한 번씩 몸을 휘청거리는데

해가 지고 해가 뜰 때 어디선가
돌쩌귀 갈라지는 소리 들려도
은박지처럼 구겨진 숲
바람을 일구듯 하늘이듯
거기에 서 있다

바람이 꽃에게 전하는 말

마음에 길이 없고서야 어찌 산이 있으랴
그대가 꿈꾸던 혼몽(魂夢)의 슬하에
속살 터지는 아픔을 묻고
그대의 눈물이 새벽빛 능선에 닿았을 때
내 일찍이 물소리 굽이치는
인연의 푸른 살점을 보았거늘
이제 먼 산 초록 음계 무성할 계절이 다가오면
사월의 신부 되어 오너라 그대여

구포댁

하구언 너머 촌락엔
봄꽃 소식 가득 한데
만삭의 몸 이끌고
안동으로 이사 간 구포댁
아직 소식이 없다

공사판 떠돌다 어느 날
바람처럼 사라져 간 남편
이 세상 소풍 길 다녀간 흔적으로
뱃속의 씨와
중풍 든 시어머니를 남겼지만

돌이켜 보면 그녀의 가슴속
다 눈물 될 기억들이
만장의 나부낌 되어
동백꽃 피어난다

詩人

화두선(話頭船) 걸터 앉아
무월강(無月江)에 찌 내려
시어(詩魚)를 낚는 강태공

화두선(話頭船)/ 화두와 배의 합성
무월강(無月江)/ 한정 없이 세월이 흐르는 강
시어(詩魚)/ 시의 머리(고기)

아주 가끔 때로는

아주 가끔이라는 표현은
그대를 매일 보고 싶지 않아서가 아니라
평소 무심하게 지나쳤던 일들에 관하여
온 정성을 다 바쳐 아주 진하게 하고 싶어서입니다

때로는 그대와의 별리를 상상하지만
그대가 정녕 밉거나 싫어서가 아니라
때로는 그대에게 너무 실망을 줘서
어디론가 훨훨 날아가고 싶은 것을 내가
족쇄가 되어 차마 그러지 못할까 봐서입니다

그리하여 그대를 생각할 때마다 나는
아주 가끔과 때로는 이라는 길목에서
이렇듯 지느러미처럼 서성일 때가 있습니다

내가 죽는 날까지

나의 이웃 당신의 이웃과
이 땅의 이웃들을 위하여
비록 톱밥 같이 텁텁한
언어의 조각일망정
내 생이 마감하는 날까지
투박한 사유의 톱밥을 태워
따뜻한 온기를 공급하리라

변명

눈빛 서먹한 그대에게
뜬금없이 불쑥 내미는 손은
그간 못다 한 추억 때문입니다

사랑한다는 말이 두려워
옷깃을 만지작 거리고
자꾸 머릿결을 쓸어 올리며
긴 사설을 늘어놓는 이유는
그간 못다 한 말 때문입니다

스치는 바람결에도 눈물짓는 까닭은
함께 했던 시공간보다 더 가슴 시린
허망한 약속들 때문입니다

미안해요

바람의 화첩

월광의 신성한 빛 오라기들처럼
아무래도 그것이 지닌 붓은
탈속한 화가들조차 감히 엄두도 못낼
닿을 촉(觸)이라고 말해야 옳다

하여간 언제부터였는지 모르지만
여하간 그때부터 시종이 여일하게
지금까지 제 몸을 태우고 있는 그것은
수만 생을 지나 예까지 오는 동안

충분히 숙성된 삶을 거쳤음에도
미처 이루지 못한 것들이 많아서인지
오랜 세월 끊어지지 않는 숨결로 아직
생의 반환점에도 이르지 못한 듯하다

아지랑이 결을 촉으로 세우는 저 율동
자기 형체가 드러날 것 같은 저 빛 격랑
삼라의 필방에서 뽑아낸 저 만상의 무연
심히 외경스러운 그 붓은 불멸의 촉이다

그것의 화첩은 기억보다 망각이므로
세필로 엮어 빚던 모든 빛들 모두
거듭 거듭 새롭게 빚어주고 있으니
딱히 이 지상의 것만은 아니리라

내가 미치는

간혹 바다에 가면
좌표를 구분할 수 없음에도
씨줄 날줄을 긋곤 한다
그 속에 거친 산맥이
똬리를 틀고 있어도
나는 아랑곳하지 않고
자맥질을 하곤 한다

간혹 바다에 가면
바다보다 진한 술을 던져 놓고
성산포 이생진을 만나곤 한다
수많은 전설이 묻힌 그곳에
박꽃 같은 달이라도 뜰라치면
춘정에 몸살을 앓는 것처럼
나는 미쳐버린다

옛사랑

새벽 끄트머리에 깬 선잠
빗소리에 물꼬 튼 그리움
여명 당겨 밤새 닿은
인연 끝자락 하나
하늘 닿을 듯 생각하니
아아, 불어 터진 목멤

초겨울 몸살

입동의 이마에 신열이 내린다
엎드려 울고 있는 땅거죽 위로
이제 곧 찬 서리 내리면
인생 별거 있느냐며
벌거숭이 눈 끔벅이던 나목들도
지나온 생을 한꺼번에
말할 수 없음을 토로할 터이다

나는 아직도 풀뿌리를 캐는 봄이고
비 온 뒤의 청명한 여름이며
청청한 풀빛 오기로
세상과 맞장 뜨는 가을이건만
돌아보면 모두 찰나가 아니었던가

그러나 매년 이맘 때면 입동의 이마엔
회한이라는 신열이 불쑥 또 찾아드니
년 중 행사처럼 초겨울 몸살을 앓는 건
어쩌면 당연한 일인지 모른다

노을에 비친 세월 몇 조각

빈 몸뚱이 탯줄 터진 내 생의 봄날로부터
옹골찬 푸른 이끼 성근 연둣빛이
아무런 의심도 없이 희망의 언어를 잡고
풀기 먹은 잎사귀로 한 시절 힘껏 돋았네

그것이 어느 한 세월 튼튼한 숲으로 자라
맹렬히 차오르는 풀기에 겨워
넘어서는 안 될 영역까지 침범하며
더 넓고 무성한 숲을 흔들고 싶었네

바람의 길처럼 마음에 길이 있듯 문득
세월 복판도 길이 있다는 걸 알았지만
터벅터벅 걸어온 외길 중간쯤 돌아보니
내 육신의 바랑 속엔 다행히도
핏줄 선명한 붉은 심장 아직 뛰고 있었네

그러다 검붉은 놀 맞닿은 호숫가에 앉아
저무는 저녁을 바라보던 어느 날
불현듯 내 영혼의 바랑을 뒤져보니
각질 같던 자존심 어느새 다 닳아버리고
세월 몇 조각 덩그러니 들어있었네

그렇게 살아야지

찰나에 실눈 뜨고 살다갈
방랑의 뜰
이승과 저승에 절반씩
사랑꽃 던져 놓고 호흡 멎어
죽음 앞에 다다랐을 때
닫힌 마음 감은 눈
너무 아프지 않게
죽음을 다스리며 살아야지
쌓이고 쌓인 회한의 빙벽보다
인두겁을 쓰고 태어났다는
이유 하나만으로
사람을 사랑하며 살아야지
내 가난한 이웃과
따뜻한 가슴 한 조각씩
나누며 살아야지
그렇게 살아야지

이윽고 어쩔 수 없는 나날들

구름에 걸린 달무리 긴 한숨처럼 늘어져
깊이를 가늠할 수 없는 그리움이
강물에 비친 달빛보다 더 명료해지는 밤
서리 낀 추억의 생채기만 나부끼니
마치 세상사 한 시름 같구나

잊고 살자 웃고 살자 마음 다잡아도
맹렬하게 제 소임 다하고 갈 그리움이
마음 한 자리 묵은 정 깊어
먼 길 돌아와 쓸쓸하게 웃음 지으면
내 어이 그대 흔적 편히 내칠 수 있으랴

그러나 별빛 오라기 모두 떨쳐낸 새벽이
눈 부릅뜬 여명을 불러 아침을 맞이하듯
이미 청춘을 지나 고단해진 추억에
몇 번씩 비가 내려 새순을 틔운다 한들
숙성이 안 된 그리움 정박할 곳이 없구나

역마살, 떠나는 바다

염분에 그을린 바람에 묻혀
오늘 너에게 초경내 비릿한 물빛 목마름으로
간이 영수증 같은 연서(戀書)를 띄운다

너는 잘 가라

수많은 트라이앵글이 합창하듯 한 물거품도
사금파리 원색으로 피 흘린 팔월의 함성도
찬란한 애증의 그림자로 다시 돌아오나니

우리 기억으로 남자

이제 곧 햇살이 엷어지면
낮게 활공하던 갈매기는 더 높이 날아오르고
잠자리 등이 빨갛게 익을 때
너 또한 더욱 푸르고 푸르게 익어가겠지

우리 사라지지는 말자

한 세월 출렁이던 네가 아니기에
억겁의 세월 역마살로 가득 찬 너였기에
너는 우리 기억의 젖줄이 되거라

철지난 바닷가

갈 빛 햇살로 엎드린 사금파리야
펼쳐진 거죽에 진물 흘리고
언제나 너는 영겁의 바람으로 남아
오늘도 삼베 올 나부끼며
학, 생, 부, 군, 신, 위, 서 있구나

한겨울 나무 숲 애살

잔가지 헤집고
빗살무늬로 떨어지는 햇살
쏘는 빛 각도가 청청하다

건조한 우듬지 끝
행여 부서질까 두려워
낙엽 밟는 발바닥
힘 빼려는 힘 가해져
조심조심 딛는다

삭풍(朔風)에 시달려도
햇살 한 옴큼 스밀 적마다
겨울나무 애살은
잔가지 끝에서 살 돋는 움
필시 달 품으로 틀 거다

한겨울 두 팔 벌려
햇살에 감기고 바람에 젖는
무탄트 벌거숭이 나무들이
태고로 돌아가는 몸짓을 본다

만월

수많은 소원 빌기에 속살 터진 달마 눈알

유년시절의 낮달

하늘 맑은 날
生의 비늘 온몸으로 떨구며
할머니는 허리를 꺾은 채
끝도 없는 가난의 낙엽을 줍고 있었다

전깃불이 돈 먹는 벌레라며
호롱불 촛불로 밤새 실눈을 뜨고
부엌도 없이 궁기 절은 단칸방에서
가난의 노을 한 아름 안고 살았다

마실 다녀오는 길목에서
곧잘 줏어오던 희망이라는 돌멩이
그러나 마당 한편에 쌓이는 세월만큼
바느질 품삯은 더디기만 하였다

밭고랑 주름과 서리 앉은 흰머리
들러리가 된 젊음을 부운몽이라 여기고
날마다 빚던 꿈들 무지개처럼 펼치며
지나온 굽은 길 따위 되돌아보지 않았다

가을이 익어 무서리 내리던 어느 날
지는 生 담벼락에 펄럭일 때
우는 옛날 먼 눈으로 바라보던 할머니는
내 유년시절의 낮달이었다

단테가 되어

현실 밖 어디엔가 숨어 있는
상상을 연모하며
삶의 일각을 딛고 하루가 흘러간다

인연의 강 노 저어갈 때
더러는 단테가 되어
베아트리체를 만난 듯한데

창백한 낮달처럼 누가 아직
내 가슴의 뻘밭에서 꿈틀거리나

그리움을 안고
다음 생을 기약하는 모든 것은
선홍빛 상사화다

수리산 달인

세상에는 잊혀질 것이 없다는
정정한 웃음 일출에 걸어두고
창틀 너머 스며드는
사계의 목마름으로
조선의 허리 어디쯤 날고 있을 그는
바람새 찾으러
천날 만날 잠들지 못했다

더러는 핏줄 굵은 중년의 몸으로
온 산야를 혼백이 되어 떠돌 때
어느 날은 다행스럽게
사라져 가는 것들이
빛과 소리로 남아
잊혀져 가는 것들에 대한
천수답이 되어 주곤 하였다

옹골찬 수액으로 벚꽃이 피고
마지막으로 겨울 숲이 서걱거려도
찬 서리 낀 은빛 바람 데리고
그는 사라져 가는 것들과
잊혀져 가는 것들을 찾아
불씨 하나 가슴에 묻어 두곤 하였다

이 시를 수리산 홍보대사 박규천 달인께 바친다.

흰 눈

고개 들면
빛 망울 거대한
흰 학이 되어
날아오르는데

꺾으면
내 가슴 속
다 눈물 될
하얀 꽃잎들이여

누군가 무심코 덧없음이라고 말할 때

누군가 무심코 덧없음이라고 말할 때
잠시 호흡을 멈추고 되돌아보면
우리는 수많은 세월의 숲과
인과의 강을 건넜음을 알게 된다
덧없음이라는 말이 민망할 정도로
또한 많은 것들을 보았음도 알게 된다
그러다 어느 날의 기억은 오래 남아있거나
기억이라는 것조차
기억이 없는 날이 있다

이런 말을 하기 위해서는
빛바랜 기억을 영정처럼 들고 있어야 한다
무심결에 밟아 죽인 풀벌레도 잊어야 한다
그리하여 우리는 덧없음이라는 말 앞에서
대단히 교활해지고 침착해야 된다
덧없음조차 부질없음으로 승화되어도
어느 날의 기억은 오래 남아있거나
기억이라는 것조차
기억이 없는 날이 있기 때문이다

목련, 골(骨)

긴 허물 벗고
희디흰 소복으로
뼈 하나 묻은
女人

감성酒

나는 가끔 순전히
감성을 마시겠다는 명목으로 산에 오른다
그러한 연유로 정상보다는 중턱쯤에 앉아
낮아진 인류를 바라보며
자연과 벗 삼아 투명한 술 한 병 꺼내 마신다
안주는 솔숲길 진동하는 송진 내와 풀내음이다
해저에서 갓 건져낸 골동품처럼
바위는 항상 비밀스럽다
더러는 숲 그려 새 울리고 떠나는 계절과
통한의 이별주를 마시기도 한다
그런 날 밤이면 의례
하늘을 술잔에 담아 별을 마신다
별 꽃잎 동동 떠다니는 상사주다
별을 마신 날은 아주 가끔
아내에게 한복을 입히고 치맛단을 올려
소위 계곡주를 마신다
발효의 육화(肉化)가 극치를 넘어선 합환주다

하구언

칠백 리 낙동강 하구언엔
눈곱 짓무른 갈대 궁 성성한데
더러는 은빛 서리에
온몸을 서걱이며 비늘을 떨구고
더러는 금빛 햇살에
타는 목마름 겨워 비틀리지만
이렇듯 해 저무는 가을 저녁엔
붉은빛 찬란한 별 무리 되어
강물이듯 바람이듯 하는구나

환치기 당하는 계절

강 건너 촌락엔
어느덧 소슬바람 무성한데
황톳빛 구월의 권주가는
숙취에 절은 팔월과
이별하기 이토록 쉽지 않는구나
눈을 들면 그리움은
언제나 새잎으로 돋나니
오늘 이별이 설령
환치기 당하는 일이 있다 하여도
이별이라고 다 고할 건 못 되는구나

씨

감성 곳간 일부에서
함부로 썩지 않는 씨앗들이 있다
쉽게 발아하지 않는 씨앗 일부가
곰팡이와 습기를 머금고 아직
숙성되지 아니한 까닭이다
그 가운데 가장 크고 질긴 씨앗을
나는 사랑이라 명명하고 싶다
언젠가 그 씨앗의 일부가 돌이 되어
내 가슴에 날아왔을 때
내 마음의 깊이를 헤아리지 못하고
나는 감히 사랑이라 말했지만
이제는 그리 쉽게 말하고 싶지 않다
내게 던진 씨앗 돌이 도로 그에게 던져져
하 맑은 영혼의 물꽃으로 다시
피어오를 때, 그때야 비로소
나는 사랑이라 말하고 싶다

어머니

아아, 당신은
언제나 울먹이는
나의
故鄕입니다

3부 - 지상의 언어로

사진 / 엄주환

윤회의 길목

누군가가 나를 밀어낸 자궁 밖
세상 빛 화들짝 눈부신 변이었다
예까지 오는 동안 백발이 된 언어
비우고 버릴 것이 많아진 까닭은
세월의 낯가림보다
세월의 익숙함 때문이다

사랑 품고 비명횡사한 그리움처럼
삶은 왜 늘 굴종을 요구하는지
겨울나무 껍질 같은 생의 질곡이
인간은 저마다 타고난 부대낌 있어
슬픈 주인공이라고 말할 때
인생 참 더럽고 아름답다 곱씹는다

가장 소중한 것은 마음속에 있다고
추녀 끝에 매달린 새벽은 말해주지만
시간이 이룬 겹겹의 골 깊은 세월 구릉
수려한 중생대 언어가 남아 있어도
굽이치는 윤회의 길목에 앉아
오늘은 또 무슨 꿈을 꾸고 있는가

바람 난화(蘭花)

잠시 생각해 보라
세상에서 가장 가뿐한 숨소리가 무엇이뇨
밤새 화두를 긷다 먼동이 틀 무렵
눈 부신 햇살에 잠시 피었다가
곧 흔적 없이 사라져 갈
한 조각 유리 꽃이 될지라도
부드럽게 자극하는 아침 들녘의
그 청아한 몸짓이 언제나 홀로
새롭게 먼 길을 떠나
바람의 옷고름과 마주치는 일이다

제목 : 바람 난화
시낭송 : 조서연
스마트폰으로 QR 코드를 스캔하면
시낭송을 감상할 수 있습니다.

두물머리 겨울 한옥

눈알에 통증이 일도록 포획된 햇살
골바람 높이 솟구치는 투명한 탑이다
잔설을 품고 얼레빗처럼 성근 나목들
한여름 꽃창포 그리며
이제 막 처녀 몸살을 앓고 서 있느니
봄꽃 향기 도착할 편지 까마득하다

무수한 바람 가르고 세월 무너뜨린
마당 한쪽 검붉은 석탑이여
햇살 무늬 현(絃) 퉁기며
누설하고 싶은 것도 많겠건만
저 석탑은 종일 무슨 꿈을 꾸는지
절제된 언어조차 침묵이구나

솟을대문에 기우뚱 솟은 솟대보다
더 우뚝 솟은 낙선정(樂仙停),
한 생에 남겨질 갖가지 얼룩과 냄새들
어느 한량이 지었는지 참으로 도도하다
이제 마음은 예다 두고 몸은 가야 하리
이곳 두물머리에 물꽃이 필 때까지

머나먼 우체국

짧은 임종 안타까워 길게 늘어지는 숨처럼
들녘 끝으로 하나 둘 떨어지는 시간의 낙엽들
모든 삶 붉게 물드는 지천 여기에 누워 있다

내게 이별이었던 아스라한 기억 너머 저편에
메밀꽃 가을 서편으로 머리 푼 노을 담아
문득 한 줄로 쓴 엽서 한 장 보내주고 싶으다

철길 모퉁이 술집에 앉아 지는 해 바라볼 때
탱자나무 가지 사이로 저녁연기 피어오르고
이 풍경 닮았던 옛 추억 여기서 너무 멀다

노을 지는 곳 어디쯤에서 나를 바라볼 그리움
차마 지우지 못한 이름 하나 못내 가슴 시려
눈시울 뜨거운 편지 한 장 부쳐주고 싶으다

내 안에 일렁이는 물결

한 움큼 바람이 스쳐도
내 안에 일렁이는 물결
머리 위에 떠 있는
서슬 퍼런 하늘을 두고도
또 다른 쪽빛 하늘을 꿈꾸며
벅찬 감동으로
한 세상 흔들어 보고 싶었지
그러다 어깨에 짊어진
삶이 문득, 겨워
가을꽃 마른 무덤처럼
무너지고 비켜서는 시간들
과거 시간 속 요정처럼
다시 날아오를 수 있을까

산중서신(山中書信)

보오, 그대
나의 외로움 묻거들랑
바람꽃 되어
이렇게 전해주리다

사계의 그림자 걸린
한적한 산골짝
얼레빗으로 머리를 빗듯
세월을 낚고 있다고

오고 가는 낌새

들숨 날숨
산들거리는 바람
염분에 그을린
하안거(夏安居),
방선 죽비에
결가부좌 푸는
秋, 오는 낌새

칠월의 정원

해마다 이맘 때면
햇살 머문 자리에
옷고름 푼 바람 있어
지상의 꽃말들은 능숙하게
계절의 마디를 떠난다

여름이 가기까지 7월의 하늘은
온통 능소화 빛깔이지만
지상의 어느 것인들
상처 없는 것 있으랴

내 생의 아득히 푸른 강가에
서럽게 눈부신 그리움이
허공에 명멸할지라도
사랑은 처절하게
나를 버려야 하는 법

이제 가야 하리
하늘까지 능멸했다는
능소화 곁으로 가야 하리
붉은 주황의 머리띠 두른
그녀가 있는 곳
7월의 정원으로

돌

땅거죽 몇 벌 포갠, 바닷속
오관(五官) 없는 너를 보아라

제 삶 모두 소금물에 깎여
부르트기 전 닳아버린 껍질
변변히 옷 한 벌 못 입고
모래 바닥 집시 되어
벌거숭이로 살아온 돌아,

몸이라도 잡아줄 갯벌 찾아
봄 시작 겨울 끝 닿기까지
혼자 가는 밀물처럼 떠돌다
억겁의 생채기 안고 마신
천년의 호흡만 수천 번,

네가 사는 곳에 오늘도
달이 뜨고 별이야 지겠지만
갯벌과 수풀 사이를 떠돌더라도
굳이 모래가 되기 위해
너의 뼈를 허물지는 말아라

땅거죽 몇 벌 포갠, 바닷속
꿰맬 것 없는 단단한 生아,

태초의 남자처럼

농축된 고체 물감으로 채색한 숲
비 온 뒤의 청명함처럼 동공이 확장된다

흐릿하고 깔깔하던 눈알이 매끈해지고
촌스러운 탄성이 안구를 돌출시켜
낡은 표현들은 입안으로 빨려 들어간다

죽기 전에 꼭 한 번은 가봐야 한다는 곳
우붓, 그 숲 속에서 남자는 발가벗는다

남자는 빛과 어둠을 꿰뚫은 렘브란트다
풀장은 그냥 오팔이라고 불러도 좋다
그 안에서 걸신들린 듯 막걸리를 마신다

인도양을 배에 깐 저녁놀이 문을 닫자
소란스럽던 숲 속의 원숭이들은 잠이 들고
소중한 기억으로 명멸할 별들이 잠을 깬다

이렇듯 수려한 은하수를 본 적이 있었을까
저 은하수 우듬지에 매달려 정사를 벌이자

그녀가 까탈스러운 팜므파탈이라도 좋고
섬마을 선생님을 애타게 연모하는
이미자의 동백 아가씨라도 상관없다

눈물방울 배어 있는 진실 하나면 충분하다

저금

하루를 매일매일
저금통에 넣었더니
일 년마다 쌓이는 것은
나이라는 놈이었습니다

배를 갈라 쓸 수 있는
여느 저금통과 달리
그놈은 언제나 쓸 수 있는
현금도 아니고
유가증권도 아니었습니다

오직 희망을 담보로
절망을 딛는 수단이었습니다

쌓일 대로 쌓인 그놈은
형편없는 삶과 대단한 삶을
혹독하게 구분 짓고
제멋대로 혼합하여
통과의례를 가르쳤지만
가장 값어치 있었던 것은
경험이라는 랍비였습니다

나는 오늘도
희망을 담보로
정체 모를 저금통 속에
하루라는 동전 한 닢
딸그락 넣습니다

가을 묵향(墨香)

솔바람 서늘한 하늘가
등불 켠 붉은 노을
자진모리 휘도는
한량무(閑良舞), 가을 새
아! 난(蘭)을 치는구나

인연

혼으로 연계된 투명한 거미줄

사랑하는 이에게

그렇소

한겨울 보도블록에 낀
잔설의 투명한 광채처럼 불쑥
그대가 떠오를 때마다
나는 남겨진 시간에 대하여
깊은 두려움을 느끼곤 하오
그것은 불변처럼 느껴지는
나의 끈끈한 채무감일 터,

무겁소

그 채무감 때문에 더러는
붉은 진황의 노을을 등에 업고
간이역 벤치에 앉아 간절하게
막차를 기다리는 사람처럼
오직 당신을 위한 순백의 언어로
내 생에 가장 긴 기도를 올리지만
형편없는 삼류 기도의 남루였소

아프오

그 너절한 남루를 기우기 위해
우리가 지나온 길 위에 떨어뜨린
희미한 기억까지 하나씩 줏어 모아
조금은 새롭게 붉어진 심장으로
촛불 아래 편지 한 장 써놓곤
눈물 한 잎 새순을 틔운 진실로
그대 가슴의 별로 남는 것이외다

언약이오

빛 그림자

하늘 복판 눈물 빛깔로
잠시 앉아 있다가
탈속한 시인처럼
소리 없이 사라지는 달빛

마른버짐 황톳길에도
비 온 뒤 청명한 들녘에도
바람 긁힌 잎새 가슴에도
본래 달빛은
빛의 그림자로 앉아있나니

초여름 이마

정오의 미열 속에 앓는 소리를 내며
봄이 곱다시 죽지 않는 까닭은
무엇과도 바꿀 수 없는 그 오랜 꽃말들이
미처 다 벗어 놓지 못한 속옷 때문이다

아무렇게나 벗어도 전설이 되던 치마와
날아다니고 기어 다니는 것들이
지상에서 난교를 벌이던 정사의 서(書),
초여름이라는 이마에 신열이 내릴만하다

이제 봄의 변방을 지킬 집요한 기억들이
구원을 얻기 위해 버림받는 순교처럼
겨울까지 관통하는 하인의 언어로 남아
연둣빛 씨앗의 한 종교로 남을 것이다

사라지므로 거룩한 삶을 이룩한 봄아,
잠시 물기에 젖었던 생의 무게를 버리고
초여름 잔등에 6월이라는 바코드 찍어
콧등 시큰한 부활의 잎으로 다시 만나자

풀 각시 뜨락

서럽도록 짧은 가을 햇살
탱자나무 아래 장독에 빛이 난다
눈을 들면 내려앉는 파란 하늘
문양처럼 새겨진 백발 구름 눈이 시리다

뉘엿뉘엿 해가 지면
풀 각시 혼례 치르던 뜨락엔
대숲에서 휘돌던 소슬바람 불어와
쓸쓸하기 이만저만 아니다

그 쓸쓸한 뜨락에 낮달이 뜬 어느 날
속적삼 벗는 흉내를 내던 정금이 누나는
지금 어디에 있을까

제목 : 풀 각시 뜨락
시낭송 : 김지원
스마트폰으로 QR 코드를 스캔하면
시낭송을 감상할 수 있습니다.

그대 가는가

지상보다 아득히 먼 별의 언어를 당겨
수액이 끊긴 자리에 생명의 등불을 켜고
찬 이슬 내려앉는 새벽 산들을 일깨워
한때 무엇이라도 은혜로웠던 계절이여

제 몸 더럽혀 피어나는 연꽃의 마음으로
잠시 소멸과 생성의 독생자 하늘을 보라
차마 말하지 못하고 떠나는 이별처럼
하늘인들 어디 뼈 아픈 상처가 없었으랴

그 하늘이 약속했던 땅에 먼동이 틀 무렵
이슬 반짝이는 풀숲 사이로 떠나는 바람
승무(僧舞) 지피는 들녘의 아침 연기처럼
예다 사람 놓아두고 이제 그대 떠나는가

질경이 묘비명

너의 꽃말 등기부는 이 땅의 숲으로부터
말소가 된 지 이미 오래전이었다

평생 변방의 지붕 없는 길가 빈터에 앉아
마음 한 자락 조금씩 병 깊어지겠지만
번성할 때조차 그 짧은 삶이 문득 겨워
어느 날 홀연히 저무는 십일홍을 보면서
구원을 얻기 위해 너의 조상들은
죽음으로 대신 하지 않았던 것이다

세찬 바람과 빗물이 몰아쳐 삶이 흔들려도
당대에 자기 생의 푸른 이끼를 볼 수 없다면
그까짓 게 무슨 상처가 되겠느냐며
살므로 구원을 받겠노라 버틴 것이었다

그러나 즈려 밟히고 뜯기고 먹히고
심지어 먼 훗날 직립원인의 바퀴에 깔려도
다시 곧추세우는 삶을 목격한 직립원인이
네 조상의 묘비명을 이렇게 새겼던 것이다

"엎어지고 쓰러져 눈물겨운 빈 몸뚱이지만
들녘에 반짝이는 이슬과 햇살 한 줌 머금고
날마다 제 갈 길 가는 저녁놀을 바라보며
분연히 눈시울 떨치고 일어서는 삶이었노라"

지금은 그대가 조금 외롭더라도

쓸쓸한 저녁 들물 습지
깨금발 꽃창포 설익어 스러지듯
달무리 주름진 좁다란 풀밭 길 언덕에
전설의 꽃며느리밥풀 혼절하고
그 흔한 빨간 우체통에
그대 안부 묻는 엽서 한 장 도착한 것 없어도
가을이 오면 그대여
세상엔 그대 혼자가 아니라는 이유로
망막을 찰랑이게 하는 햇살이
새하얀 무명으로 메밀꽃 틔우리

탁발승의 이별가

두 번 다시 이을 수 없는 세속의 인연 떨치고
바람에 등 떠밀려 억지로 굴러가는 낙엽처럼
난해한 언어로 가득 찬 바랑, 등짝에 붙인 채
오늘도 비단뱀 옆구리 같은 황톳길 걸어가네

아지랑이 고깔 흥겨웠던 연둣빛 봄 햇살로
숲 그려 새 울리고 떠나는 나날들을 보내고
두런대던 여름 하늘 소금기에 젖어갈 무렵
설익은 가을빛이 어서 길 떠나라 재촉하네

엄동의 신열이 눈 덮인 산사에 짙게 드리워
여인의 흰 이마 같은 세속의 질긴 그리움이
면벽의 선방에 앉아 벗은 속살을 드러낼 때
견성의 죽비가 정수리를 치며 길 떠나라 하네

숲길에서 마주친 풀벌레와 산새의 먼 산울림
도랑물에 떠내려가는 이파리와 천 가지 바람
인연마다 상구보리 하화중생 올라탄 법륜이
어서 길 떠나라며 떼 절은 이별가 불러주네

담배

불꽃같이 제 삶을 태우고 반드시 재로 남아
능히 한 생을 이루기 위하여 언제나
점멸의 시간을 기다리는 스무 개의 마루타

애인

내 추억의
어린 꽃나무들이 무럭무럭 자라나
이제는 더 자랄 곳 없이 커버린
먼 기억의 나무숲에
세차게 쏟아지는 비를 맞으며
그녀가 걸어가고 있다

술잔 속에 남았던
내 절망의 과장된 뉘우침과
내다 버린 기억조차
눈시울 어루만지는 빗방울이었다

생각건대, 세상의 정원에
햇살 커튼이 내려앉아
아무렇지도 않게 옷을 갈아입어도
시가 되는 꽃들이 십일홍을 즐길 때
그녀는 숲 뒷마당에 앉아
하냥 그늘진 얼굴로
나 보기가 서러운 풀 한 포기였다

그러나 홀로 먼 길 떠났다
쓸쓸하게 돌아오는 가을새처럼
서러움이란 언제나
물기 어린 사슴의 눈빛 같은 것

점멸했던 별이 다시 익어 능히
한 생의 기쁨을 누리듯
그녀는 오늘도 저녁 강가에 서서
경건한 빛으로 새롭게 태어날
아침 햇살을 기다리는 느릅나무였다

새벽에 마시는 술

권주가의 열기가
이항 대립으로 드러난
논리의 몰골, 그때까지
표류한 시간 너머
감성 따위는
집어치워라고 외칠 때
사람들은 하나둘씩
어디론가 떠나고
졸업식 날 텅 빈 교정에
혼자 남아 있는 것처럼
포장마차 툇마루에서
홀로 마시는 술은
눈물의 바리움

전생의 유언

세월의 부리가 나를 쪼아 죽음의 전조를 알릴 때
끝내 감추지 못하고 흘릴 당신의 여린 눈물 속에
아프게 돋아날 지난날의 우리 기억들을 반추하며
난 이제 당신 손이 닿지 못할 먼 별로 떠난다

통음 왕성한 가을 풀벌레 소리가 때로는 오롯이
우리를 위한 노래였으며 축복의 무대였다
세찬 바람에 길이 나듯 더러 우리 삶에 긁힘이 와도
때가 되면 차오르는 샛강의 푸르름이
한꺼번에 봄 햇살 불러와 우리의 삶을 위로하였다

구닥다리 옷만 즐겨 입던 당신의 별난 취향처럼
장대비가 쏟아지던 여름 숲에서의 그 뜨겁던 정사,
어느 날은 당신의 여름 그림에 내 겨울 시를 입히곤
우린 서로 허기진 가을의 공복을 느끼기도 하였다

우리가 겪은 일들은 지상의 차가운 명령이었지만
죽음이 세상 짐 내려놓으라는 편지를 써
수취인 분명한 통지서를 우체통에 넣으면
오래전부터 떠도는 별 한 곳에 집을 짓자던 약속
그 약속을 지키기 위해 나는 지금 그 별로 간다

호수에 잠긴 달

백발 선승, 천공(天公)이 되어
흰 학을 타고 날아오를 때
떨어뜨리고 간 쪽빛 사리(舍利)

바위섬

지상에서 가장 오래된 피부로
오늘도 제 몸에 주름 새기는 바위 하나 보네
씨줄 날줄의 그물에도 걸리지 않는 존재
날마다 비구상으로 솟구치는 파도에 묻혀
무엇이든 흥정도 못할 드센 팔자겠지만
세상에서는 도저히 풀 수 없는
무궁한 고생대 언어가 따개비처럼 붙어 있네

그을린 겁(劫)의 얼굴 부표처럼 떠 있어
외롭다고 느끼는 것은 오직 인간의 시선뿐
고단한 그의 어깨에 내리는 달빛이
바람이 오는 길로 그를 어루만지고
모진 세월에 찢기고 구멍 난 살 들키지 않게
수천 생 늙은 몸 바다 깊숙이 닻을 내려
역마살 둥둥 떠 다니는 해무로 이불 삼아 덮네

가장 먼 곳의 붉은 노을처럼

무명으로 산다는 건
날카로운 도구로 패이거나 깎여도
옹이가 박힌 티눈처럼
자존심만 키워 목이 메는 거다
하지만 나는 언젠가 들길에 서서
한 점 획으로 사라지는 빛을 바라보며
무명으로 산다는 건
가장 먼 곳의 붉은 노을처럼
한 짐 서글픔 지고 사라지는
긴 그림자라는 것을 깨달았다
그 긴 그림자 역시 늘 내 곁에 머물던
또 다른 자아였음도

원고지

칸칸마다 질책의 투창이 날아와
칸칸마다 성찰의 껍질이 쌓이는 곳

어느 날 그 자리

추억의 숙취에 떠밀리는 포구의 불빛
지금은 묻는 이 없어 대답할 이도 없다만
언젠가 느꼈던 사랑이다

나는 알아요 당신이 무얼 말하는지
저문 저녁 낯가리고 정자 뒤에 숨어
몽환의 음성으로 속삭이는 대숲 바람

물에 비친 내 그림자 나를 향해
뜨거운 가슴으로 한 아름 두 팔 벌릴 때
추억 한 방울로 목울대 울컥한 보고픔이
명치 끝에서 역류된다는 사실을 알았다

날마다 떨구고 간 시간의 비늘들이
모두 무탈하게 익었던 것은 아니리라

이제 내버려 두자

빠져도 아무 이상 없이 이어지는 문장처럼
그리움으로 미분된 꽃잎은 꽃잎 대로
내 기억에서 벌목 당한 추억은 추억 대로
저마다 피어오르거나 사라지게 놔두자

파도에 키질 당하는 모래알처럼
어느 날 그 자리의 유품쯤으로 남겨두자
흔들리는 것이 아니라 흐르는 것이므로

4부 - 시간의 낙엽들

사진 / 엄주환

그리움 다하면

외로움이야 언제나
담녹색 물빛 같은 것
용솟바람에 먼 산 일렁이듯
못다 한 사랑 빈 술잔에 담아
나무 소주 불 한세월 취했으니
그리움 다하면 세월의 강기슭
어디선가 다시 만나자
지상에서 가장 고운 햇살로

그렇게 그 바닷가에

소녀야,
널 닮은 햇살이 비늘을 떨구는 정오의 복판에 앉아
생의 푸른 반점들이 돋아난 너를 보고 있노라니
아스라한 기억 저편 한 소녀가 문득 떠오르는구나

세월의 무게를 느낄 수 없는 몽실한 등과 어깨에
곧 지상을 날기 위해 앙증맞은 날개를 단 소녀였단다

어느 날 비를 피해 바위틈에 몸을 숨기고 앉아
나는 커서 꼭 니 색시가 될 거야라며 울먹이던 입술,
그 입술에서 세상을 모르는 순백의 언어가 반짝였고
갈매기 한 쌍이 비를 맞으며 바다 위를 떠 다녔지

영글지 못한 가슴으로 줄곧 처녀 몸살을 앓듯
파도 소리보다 먼 세월의 앞날을 내다보던 어느 해
마지막 하루처럼 내 품에 안겨 또 한 번 울먹이며
둘만의 약속을 바다에 던져 세상을 적시자고 했단다

꽃 진 자리에 다시 몇 번의 꽃이 피고 지던 어느 날
그 바닷가를 다시 찾았을 때 비는 내리지 않았지만
소녀와 있었던 바위 앞에 앉아 저무는 저녁놀 바라보며
세월도 비에 젖고 햇살을 먹는다는 사실을 알았지

그러므로 소녀야 무릇 삶이란,
비가 적당히 오고 지금처럼 너 닮은 햇살이 눈부시게
삶을 적셔줄 때 비로소 행복한 나날들이 되지 않겠니
필연적으로 겪어야 할 너의 남자 이야기도

책(冊)

빈 들녘에 불을 일구는 관능의 노을처럼
너는 언제나 나를 관음의 열정으로 이끌고 가는
위대한 포르노그라피

때로는 내 삶의 검붉은 녹들을 씻어내고
농밀한 밀어로 밤마다 나를 유혹하며
너를 탐하는 나에게 진실로 진실로 이르기를

사랑으로 피었다 죽는 것들이 얼마나 많은지
지상에 전파된 거룩한 말들이 얼마나 위대한지
한 생을 위한 지혜는 또 얼마나 많이 필요한지

일용할 양식의 언어로 내 머리를 쓰다듬으며
소리 없는 기호로 과거와 미래를 고백하는 너는
전생의 내 애인

제목 : 책(冊)
시낭송 : 박영애
스마트폰으로 QR 코드를 스캔하면
시낭송을 감상할 수 있습니다.

황소 털 햇살에 메밀꽃 질 무렵

사람의 나날들을 지켜본 가을이
이제 한 시절의 무탄트 세계를 만나기 위하여
돌이킬 수 없는 시절로 몸 던지러 왔다

전속력으로 먹이를 쫓아 달리는 치타처럼
붉은 심장 몹시 뜨거웠던 지난여름
불온했던 것들과 평온했던 것들의 갈피들을
추억의 서랍에 넣어두고

흘러간 시간의 음계를 더듬으며
차례로 겉옷 하나씩 벗어놓을 가벼움으로
잠시 조용하게 한 시절의 건반을 두드릴 것이다

그러나 이윽고는 어쩔 수 없는 흐름으로
먼발치 떠밀려 가는 시간들을 쫓아가
비탈진 언덕 황소 털 햇살에 메밀꽃 질 무렵이면

어느 날 서리 낀 청옥의 하늘에서
저승꽃 핀 커다란 낙엽 한 장 툭 떨어질 때
아, 모든 것은 본시 인연이 없는 것이로구나
불현듯 모든 건 무연임을 깨달을 것이다

한 세월, 내 청춘의 바리데기

잘 가거라
한때는 불꽃처럼 타올라
그 무엇을 보다 명료하게 알기 위해
아낌없이 살해당한 세월이여
그리하여 비운다고는 했지만
이제는 비우겠다는 욕망에 사로잡혀
다시는 돌아오지 못할
소중한 기억의 편린들이여
침묵으로 스러져간 나의 언어여

별무리

등댓불 환히 켜진 달 섬을 향해
호롱불 하나씩 매달고
하늘 江 건너는 작은 범선들

흰 머리 소녀

방목된 저녁 술 깊이 숙취에 떠 다니는 새벽녘
스베틀라나 카첸코의 정물화처럼
반백의 여인이 부산역 포장마차에 앉아 있다

취객이 거의 사라진 포장마차 속 여인의 표정은
흐르는 물처럼 사노라 살았노라 살겠노라, 다

뿌리째 남김없이 피어난 은백의 머리칼
독한 술 한 잔 털고 입술 옹 다문 느낌이지만
안주 없이 소주 한 병 놓고 횡설수설하는 진상 하나쯤
흔들리지 않는 미소로 하루 삶을 제압하고 또다시
일용할 양식을 위해 눈과 코를 연탄불에 박는다

저 여인의 삶을 되돌리려면 대체 몇 밤이나 자야 할까
기억의 서랍 어느 한 곳을 열어보면 필경
눈에 통증이 일도록 눈부신 날들이 있었으리라

아, 그러나 생은 언제나 전생의 삶을 쏟아 놓고
퇴행성 무릎처럼 서걱이는 것

여인은 사랑이라는 명사보다 믿다 라는 타동사를
자신을 사랑한다는 남자보다 더 믿고 살았는지 모른다

물 묻은 자기 생의 길섶을 바람결에 말려가며
하루 새벽을 헹구는 아내의 모습은 언제나 그랬다

하릴없이 자라거나 피어나는 것은 없다

밤이 오면 누울 곳 없는 하늘이 하늘에 누울 때
그 누운 강 노 저어 가는 봄풀 같은 별들을 보며
습관처럼 태어나는 것은 하나도 없음을 깨닫는다

하늘이 베푸는 지혜 충만한 은혜의 구름들이 모여
비 오는 길과 햇살 내리는 길을 만들어
지상에는 하릴없이 자라거나 피어나는 것들이 없다

먼동의 순수 열망이 바야흐로 아침을 불러와
햇살 반 평 책상에 떨어뜨리면
렘브란트 붓질로 탄생한 빛기둥을 목격한다

그 빛기둥 안에서 부유하는 먼지 톨들을 보라
그들은 아가미가 없음에도 숨 쉬고 떠다니면서
하루의 발아를 알리고 있으니 얼마나 경이로운가

새벽을 건너뛰는 아침이 없는 것처럼
삶이란 단숨에 뛰어넘을 수 있는 계단이 아니므로
쓸데없이 왔다 가는 낮과 밤 또한 없는 것이다

염병할

그리움 氏에게
차라리 버림받아
마음 편할 수 있다면
여러 날 지나도
딴전 피우는
염병할 놈의 기다림
밉지나 않지
기다림의 끝은
상대 존재 유무가 아닌
내 마음의 끝이었음을
비로소 알 것 같다

어느 여자의 물빛 나날들

시간이 죽고 세월이 죽어
한세월 저물고 시작되는 곳에서 한 여자가
떨어지는 꽃잎처럼 눈물 똑똑 떨구고 있다
지독한 고독이 저녁답 그림자만큼 길어질 때
여자의 눈물은 눈물을 데리고 강으로 갔다
사금파리에 묻힌 빈 술병 속에는 밥 딜런과
청승맞은 엘레지의 여왕이 들어 있다

그리움의 환한 생채기 안고 때로는
서럽도록 붉은 노을에 기대어 숨죽였다
오래전 빗장 건 가슴에 영근 달빛이 내려 앉아
바람이 오는 길로 도시를 헤맬 때
여자의 눈물이 눈물을 이끌고 강으로 갔다
길거리의 그 흔해 빠진 간판 같은
흐르는 강물처럼 산다는 뜻이 무엇일까

어느 것 하나 온전하게 마음 기댈 곳 없는 도시
그러나 자신을 버리고 간 시간의 낙엽들이 더러
푸른 살점으로 돋아 다시 몸 버리러 올 때
밤새 열병을 앓고 틔운 사랑처럼
기쁨의 눈물이 눈물을 일으켜 강으로 갔다
언젠가 고향집 담벼락에 걸어둔 삶의 풍경들이
강물 위에 詩처럼 누워 있었다

밤안개

스핀이 걸린
뽀얀 미립자들
어두운 창가에
봄꽃 틔우듯
따뜻한 고독
소리 없이 붓질 감아
달보다 먼저 눕고 싶은
별을 지우고
그리움에 중독된
한밤중 도시를 지운다

거미

어떡하든 상하 좌우 투명한 인연 줄 걸쳐두고
한낮의 빛 격랑만 피하자
세찬 바람 드센 소나기 따위 겁날 것 없지만
빛은 내 삶에 최악의 면류관이다

생존이란 어차피 투쟁을 위한 산책 아닌가
겨울이면 한 뼘 땅 속과 나무 안에 세 들고
연둣빛 초롱한 봄이 돼서야 허기진 배 채워
바람에 흔들리는 잎새에 매달려 몸 푸는 것뿐,

덫이라고 불 밝히는 인간들과
어쩌다 한 번씩 나를 힘들게 하는 새들이여
너희로 인하여 내 집은 더욱 튼튼해졌고
성찰의 점액질로 생존 방식은 더욱 견고해졌다

어렵지 않게 부는 소박한 바람에 몸을 맡기고
저녁노을 금빛으로 덧칠한 안식처에서 나는
생존과 투쟁을 위하여 이 다리와 저 다리로
인연 줄에 목숨 건 평화로운 산책을 하는 것이다

탱자나무

자네 집에 술 익거들랑
부디 나를 불러 달라던 해송이
新만전춘별사를 노래하고
구원의 종소리처럼 내려앉는
그물 같은 싸리비 햇살이
저문 가을 복판을 지날 때
저녁놀에 목말라 비틀린 탱자나무
그리움이 하 많아 무엇이든 무거워
물비늘 반짝이는 눈물의 푸가

새벽에 쓰는 글

오랜 지병처럼 마음으로 걷는
새벽 산책을 주체하지 못해
하루에도 수십 번씩
걷잡을 수 없이 솟아나는
낯선 언어의 힘으로
나는 사유의 바다를 유영한다

수십 년 동안 채에 걸러져
유예가 되었던 언어들과
모든 자적의 마음이
슬픔으로 마주치는 순간
역 대합실 노숙자 이 잡듯이
시구의 방점이 툭툭 터지곤 한다

어느 땐 사유의 꽃이 피고
지는 것조차 문득 겨워
떨어진 생각의 꽃잎과 씨앗들을
휴지통에 버리지 않으면
머리로 따질 겨를과
언어의 열꽃을 가라앉힐 수가 없다

탈출구 없이 무럭무럭 자라난
그 움틈,
고도 비만의 살처럼
전후좌우로 삐져나와
남을 보여주기 위함이 아닌
언어의 겨운 터짐이 되곤 한다

골 높은 사유의 꼭짓점에
자족히 앉아 낮아진 인류를 보며
사람의 나날과 하늘의 나날을
노래하는 새벽이면 비로소
내 사유의 알에서는
껍질 깬 병아리 한 마리 나온다

바퀴벌레와 아내의 신공(新功)

죽음에 관한 사유의 곁가지 하나 펼치고 있을 때
유난히 덩치가 크고 등짝이 기름져 보이는
시커먼 바퀴벌레 한 마리가 픽 방귀 소리를 내며
경비행기 착륙하듯 날아들었다

진갈색 덮개 안에 슬쩍 드러나는 창호지 날개가
외계인 피 같아서 목덜미에 은근 소름이 돋는 놈은
최적화된 각질과 다리와 목과 더듬이와 눈알로
무공의 신 경지를 넘나드는 곤충림의 동방불패다

놈의 재빠른 몸짓은 필경 허공답보와 능공허도로서
신의 경지에 다다랐다는 인간의 무형검 따위도
우습게 여길 터, 순간 나는 책을 덮고 짧은 시간 안에
놈을 제압할 초식을 생각하느라 머리가 복잡해졌다

라이터 화염 방사기, 신문지를 둘둘 말은 연타봉,
퀴퀴한 냄새로 서서히 숨통을 조이는 유독성 걸레,
비닐봉지로 눌러 자살을 위장한 타살, 온갖 잡스런
초식을 떠올리는데 곤히 자던 아내가 눈 빼끔 떴다

한눈에 사태를 파악한 아내가 소리 없이 일어나
놈에게 다가가더니 거의 동시에 따악, 피식하며
뭔가 터지는 소리가 내 귓전을 때렸고 잠시 후
아무렇지도 않게 발바닥을 닦는 아내가 보였다

그 놀라운 신공에 뜨악해진 난 잠시 턱이 분리됐지만
발바닥 초식 한 방으로 새벽의 무림을 평정하다니
아흠, 졸려 하며 다시 이불 속으로 들어간 아내는
잡스러운 내 무공과는 감히 비교도 안 되는 곤충림의
초절정 고수였던 것이다

허공답보(虛空踏步)-자연의 기운을 밟는 것으로 능공허도와
조금 다른 최고의 경공술이다.
능공허도(凌空虛道)- 하늘을 걸어 다닐 경지에 이른 것으로
경공의 최상의 경지를 말한다.
무형검(無形劍) - 마음먹은 대로 마음속의 검이 움직여
원하는 결과를 얻게 된다.

사막은 함부로 낙타를 죽이지 않는다

오늘도 저문 눈빛으로 누워있는 공허,
낳는 것이 없으니 키울 것도 없는 것이다
끊지 못하는 자기 생을 지키기 위해
사막은 함부로 낙타를 죽이지 않는다
전능의 천주(天主)로부터 버림을 받아
평생 껍질 없는 속살을 드러낸 채
언제나 달구어진 한낮의 뜨거운 몸으로
별빛 내리는 밤 관음의 실눈을 뜨고
살을 파고들거나 기어 다니는 것들에게
덮을 것 없는 맨살을 내주는 것이다
울어도 언제나 잠들지 않는 바람처럼
먹을 것이 없으니 굶을 것도 없는 것이다

청잣빛 어머니

동백기름 바른 남빛 머릿결 고르고
삼베 허리띠 질끈 동여맨 어머니
애 보리밭 둔덕 너머 마실 가시나

옛날에 그 둔덕 꽃길 따라 올 적에
품속에 간직한 바늘쌈 서툰 바느질
초경 치른 가녀린 손가락

펄럭이는 세월, 다산이 미덕이라며
청잣빛 하늘에 매달려 청춘을 보낸
.... 박꽃 같은 내 어머니

하루

하루는 촘촘한 돗 자리 씨 올 같은 것
더러는 나태하고 성실하지 못했음으로
빼먹은 씨 올도 수없이 많았으리라

하루는 초경 치러 아픈 몽우리 같은 것
더러는 증상을 못 느꼈음으로
타인들 아픔이 없는 것으로 여겼으리라

하루는 한 권의 책이 되기 위한 갈피,
더러는 그럴듯한 기록이 없었음으로
내 전기에서 삭제된 부분도 있었으리라

아, 지나간 하루여

비와 女人

온몸으로 비를 맞으며 걷는 여인을
함부로 손가락질하지 마라
비는 쏟아지는 게 아니라
땅이 분기탱천하여 발기하는 것이다
제 삶의 근육을 곧추 세우고 있으니
얼마나 수컷다운가
여인은 수음을 하는 것이 아니라
적극적으로 정사를 나누는 것이다
세찬 물비늘 떨구는 하늘을 바라보며
외로움의 잎사귀를 적시는 것이니
외로움이 쓸쓸할수록 추억은 더 따뜻해져
비를 맞고 나른해지는 소이(所以)이니라

마지막처럼

1

아무 의미 없이 흘러가는 구름처럼
생이 조금은 쓸쓸하게 흘러갈 때
어느 날 남자에게 작은 떨림으로 다가간 여자는
남자와 늘 마지막처럼 만났다
남자와 만나는 횟수가 거듭될수록
자웅동체가 된 그리움과 외로움의 등짐을 지고
물기 젖은 불면의 문턱을 넘나들며
붙박이 별조차 떨어져 다니는 밤이 이어졌다

2

저녁 숲에 깃든 안식처럼 그가 오는 날이면
얼굴에 스민 세월을 화장으로 조금 감추고
꽃무늬 원피스 차림의 눈물겨운 술상을 차렸다
다정하고 깊게, 더할 나위 없는 사리와 분별로
여자 몸속에 무궁한 뿌리를 내리는 남자,
한동안 구름을 타고 떠 다니는 것처럼
온몸으로 남자를 느낀 여자는
휴식처럼 쓰러지는 남자의 몸을 꼭 껴안았다

3

사선으로 절삭된 가로등 불빛 속으로
남자가 사라지면서 남긴 잔영이 잔영을 몰고
조금 전까지 머물던 여자의 방까지 따라왔다
채 식지 않은 라면과 밑 술만 남은 소주병
남자가 방에 있는 것 같아 왈칵 눈물이 났다
여자는 소리 내어 울기 시작했다
자신의 울음소리가 너무 서럽게 들린 나머지
남자가 헤어지자고 했을 때보다 더 크게 울었다

4

잘 기억나지 않는 꽃이 피었다가 시들 무렵
비 내리는 강가에서 우산도 없이 서성거렸다
느리게 걸어가는 강물이 축제처럼 밀려와
물비늘 반짝이는 그리움의 빛깔들이 글썽였다
생이란 언젠가는 흔적도 없이 사라져 갈 바람,
만날 때마다 마지막처럼 만나는 남자를 위해
그 어느 것 하나 비우지 못할 것 없는 여자는
절대 벗겨지지 않는 남자의 운명이 되고 싶었다

어느 날의 편지

이별이라는 단어는 쉽게 쓰지 않겠습니다
서로 익숙하지 않은 것들이
익숙하게 될까 두려워서입니다
아니 그것보다 그동안 함께 했던 시 공간이 한낱
꿈에 지나지 않았던 일로 취급당하는 게
죽기보다 싫고 아니 그것보다
당신과 나눈 밀어와 눈빛과 숨결과 체취가
아무 때고 불쑥 내 언저리를 휘돌아
추억이라는 단어로 남을까 두려워서입니다
이제야 비로소 알았습니다
세상에서 가장 무서운 형벌은 인연맺기라는 것을
그리하여 이별이라는 단어를 쉽게
쓰고 싶지 않은 까닭입니다

은메달

어머니라는 금메달에 가리워 항상
은메달에 머무를 수밖에 없는 이 땅의 아버지들

내 청춘 일몰의 시간

내 청춘 일몰의 붉은 벽화가 생을 비껴가고 있다

스물네 토막의 일상이 흘러가는 소리와
그것을 태엽에 감아 째깍대며 돌아가는
내 삶의 발자국 소리는 언제나 확연히 달랐다

더러 피해 갈 수 없는 길목에 다다르면
헌신과 굴종의 낮은 자세로 그곳을 지나야 했다
재활용의 의미조차 부여할 수 없는 형태였지만
삶은 신기하게 더 높은 의지로 나를 데려가
지난날들의 형편없었던 가치를 보여주곤 하였다

그러나 내 삶의 불꽃이 쉽사리 꺼지지 않는 것은
더러 댓잎 같은 생의 푸른 잎사귀가 되살아나
검게 그을린 세월을 다독이고 아무 데서나
눕고 싶었던 시간들을 일으켜 세운 덕이었다

몸에 박혀 견고하게 뿌리내린 나의 습 줄기가
설령 나를 위한 순교의 정신으로 다 잘려 나가고
용접 같이 뜨거운 햇살 몇 줌에 데인다 한들
이제 더 이상 지필 것 없는 내 생의 지금 일몰이
대체 무슨 상처가 될 것이며 어떤 아픔이 되랴

나는 지금 내 청춘 일몰에 다시 벽화를 그리고 있다

5부 - 단상의 간이역

사진 / 엄주환

햄릿 形의 굴레

흡연과 치석으로 퍼렇게 부식된 잇몸을 감추려고 웃을 때마다 입 옹 다무는 꼴이지만, 막돼먹은 인성이 슬쩍 우수의 가면을 쓰고 따뜻한 촛불 인양 다가와도 그 속에 진한 페이소스가 담겨 있으면 나는 눈부터 질끈 감고 받아들인다. 운명의 대의가 어떻든 인연이란 전생으로부터 하달받는 명령이라고 생각하기 때문이다. 그리하여 사람을 대할 때마다 나는 매번 최선은 아닐지라도 거의 최선과 차선을 오락가락하며 비지땀을 흘리곤 한다.

그것은 흘러가는 세월에 대한 겸손과 각질 같은 나이테가 하나씩 늘어나는 것에 대한 예의라고 생각하기 때문이다. 하지만 그것이 겸손이든 예의든 세월과 나이는 우리에게 얼마나 많은 빛과 굴종을 요구하는가. 그래서 가끔은 투르게네프가 얘기한 인간의 두 가지 성격 가운데 비록 돈키호테形이야 아니 될지라도 햄릿形의 굴레에서 벗어나고 싶은 일종의 발악 같은 것이 종종 나를 짓뭉개곤 한다.

고엽

추수라는 이름으로 황금빛 찬란한 가을을 넘기고 겨울 끄트머리와 이른 봄, 야산에서 흔히 볼 수 있는 고엽을 유심히 보고 있노라면 지금까지 지나온 삶의 무게를 고스란히 짊어지고 있는 형상이다. 햇빛과 바람에 씻겨 물기라곤 전혀 찾아볼 수 없다. 흙과 먼지로 짙게 분칠을 했거나 살짝만 스쳐도 바스락 부서지는 고엽일수록 그 느낌은 더욱 강렬하다. 햇빛에 반짝이던 짙은 초록의 껍질이 윤기는 점차 사라지고 칼날 같던 빳빳함도 모두 사라졌다. 저항과 응전의 질푸른 시대를 마감하고 남은 생을 위하여 곱다시 겸허해진 모습이다. 더러 삶의 무게에 짓눌려버린 형상이기도 하지만 고엽은 항상 윤회의 척후병으로 기록된다.

지독한 물빛

이렇게 해빙의 계절이 오면 나는 늦가을이 떠났다 돌아온 느낌을 지울 수 없다. 이 지울 수 없는 느낌은, 계절이 털갈이할 적마다 무공(舞攻) 깊숙이 농밀한 언어로 저마다 예찬을 아끼지 않는 시인들조차 그리움이라는 말로 얼버무릴 때 더욱 확연해진다. 그리움이라는 단어가 능사는 아닐진대 계절의 마디와 그 마디를 잇는 이음매까지 그리움은 넓게 펴져 있다. 그것은 마치 낡은 쇠 파이프 안에 물든 붉은 녹 같기도 하고 오래된 우물 안의 청청한 이끼 같기도 한데 전분이 섞인 액체처럼 지독한 물빛을 띠고 있다. 그래서 나는 지독한 물빛을 그리움과 눈물의 알레고리로 엮고 싶다. 그리하여 어느 계절이든 나는 계절을 일컬어 곧 지독한 물빛이라고 말하고 싶다.

이념

이념의 출발은 항상 공평하고 평화롭다. 하지만 이념을 내세운 집단적 이기로 인해 늘 폭력과 사상의 혈투가 끊이지 않는다. 서로 총부리를 겨누곤 동일한 神에게 구원과 자비를 구하는 전쟁터의 모순을 보라. 살인적 코미디가 아닐 수 없다.

제1막

그러므로 현재 진행되고 있는 불행이나 행복에 대해서 너무 좌절하거나 마냥 즐거워하지 마라. 그것은 단지 내 생의 제1막에 전개된 기승전결에 지나지 않는다. 당신의 제2막이 어떻게 시작될지는 아무도 모른다.

조화옹(造化翁)

주장자(柱杖子)를 꼬나쥔 생로병사는 설데친 관용과 자애를 허용하지 않는다. 나르시시즘에 빠진 직립원인이 희로애락을 두고 이러쿵저러쿵하지만, 생로병사는 항상 올곧은 이성으로 참지경(祗敬)에 가까운 태고를 노래한다. 어떤 형태로든 채우고 비울 수 있으며 어떤 변질이든 무한할 수 있는 것, 이것이야말로 조화옹(造化翁)이 지어낸 선(禪)의 경지가 아니고 무엇이겠는가. 시인이 자연의 섭리를 보고 미쳐버리는 소이(所以)이다.

풀각시또락

김상훈 시집

초판 1쇄 : 2017년 9월 15일
지 은 이 : 김상훈
펴 낸 이 : 김락호
디자인 편집 : 이은희
기 획 : 시사랑음악사랑
인 쇄 : 청룡
연 락 처 : 1899-1341
홈페이지 주소 : www.poemmusic.net
E-Mail : poemarts@hanmail.net

징가 : 10,000원

ISBN : 979-11-86373-88-0